KB056140

얼굴들이 도착한다

파란시선 0042 얼굴들이 도착한다

1판 1쇄 펴낸날 2019년 9월 30일
지은이 금란
디자인 최선영
인쇄인 (주)두경 정지오
펴낸이 채상우
펴낸곳 (주)함께하는출판그룹파란
등록번호 제2015-000068호
등록일자 2015년 9월 15일
주소 (10387) 경기도 고양시 일산서구 중앙로 1455 대우시티프라자 B1 202호
전화 031-919-4288
팩스 031-919-4287
모바일팩스 0504-441-3439
이메일 bookparan2015@hanmail.net

ⓒ금란, 2019, printed in Seoul, Korea

ISBN 979-11-87756-49-1 04810
　　　979-11-956331-0-4 04810 (세트)

값 10,000원

얼굴들이 도착한다

금란 시집

열병을 앓았다
열병을 빌려 시를 지었다
열병이 훑고 지나간 뒤
서늘한 꽃이 핀다
구부정한 사람이 걷는다

차례

제2부

제3부

제1부

벽

늙은 여자의 등을 민다

등에 마른 별자리들이 흩어져 있다

오그라든 등

조금씩 소멸해 가는 여자의 그림자를 독해한다

등에 업혀 있는 것들은 세밀화처럼 정직하다

내 앞을 가로막고 있는 벽

또는 타로 카드

별점 치듯 긴 세월을 더듬다

일그러진 시간 저편으로 따라간다

나와 가장 가까이 있는,

그늘에 밟힌 손

한때 뜨거웠던 얼룩에서 꽃의 향기를 맡는다

분홍이 나를 분홍이라고 부를 때

　너의 말이 낡은 침대의 스프링처럼 녹슬어 간다 나는 그 말들을 주워 사포로 박박 문질러 머리에 핀처럼 꽂기로 했지 머리에 꽂힌 은유 이런 사연을 아무에게도 들키진 않겠지만 혹시 누군가 물어본다면 핀을 그의 딱딱한 혀끝에 꽂아 줄 거야

　달은 항상 둥근 모양이 아니야 태양에 꽂힌 달의 파편들이 분홍빛 못으로 박힐 때 문득 깨닫게 되는 통증을 알고부터 심장이 들썩이기 시작했지 팔월에도 눈이 내릴 수 있다는 걸 난 여전히 뜨거운 태양…… 그런데 지금 웃음이 소나기처럼 쏟아지는 걸 참을 수가 없어 웃음을 번지점프대에 올려놓고 뛰어내릴지 아니면 뒷걸음칠지 망설이는 나를 보고 구름도 하얗게 웃고 있는 거야 둥글지 않은 녹슨 말 달에게 소포로 부치고 뛰어내렸어 당연히 바닥에 꽂힐 줄 알았던 내 몸을 공중이 꽉 붙들고 있네 공중에 매달려 있는 내가 멋져 보인다고?

　머리에 날아온 분홍 나비 떼들

모빌의 감정

　바람과 바람의 이름을 매달고 정직한 위치에서 흔들린다
린다
　부딪히지 않기 위해 몸을 움츠린다

　몇몇은 머리를 맞대며 울고
　몇몇은 끝없이 서로를 먹었으며
　오늘도 속절없이 흔들린다
　누군가는,

　멀지 않은 속삭임이 지나간다
　날개는 사라지고 손과 발의 진화는 멈춘다
　매일매일 얇아지는 연습을 하며 바람의 옷을 걸친다
　바람을 마시고 버리고 때리는 일로 숙련된 노동자의 약
속은 지속된다

　더 이상 오를 수도 떨어질 수도 없도록 꽉 붙들고 있는
주여,
　어디가 바닥이고 어디가 하늘입니까?

　최선을 다해 흔들려야

즐거운 얼굴들이 몸에 와 박힌다, 올려다본다
몸속에 숨겨 둔 빈 저녁이 쏟아진다

계절이 함부로 지나가고 자꾸 지워져도
여전히 제자리에서 늙어 간다

창신동

골목은 비가 와도 언제나 바짝 말라 있다
사람의 발자국이 어쩌다 골목에 박히지만
비가 내리는 날이면 여지없이 사라지고 만다
완제품을 실어 나르는 오토바이 바퀴 자국
가파른 골목에 미싱 소리 요란하다
서울에서 이태리까지 열 번을 달릴 수 있는
실타래비가 내린다
남산타워가 지척이고
광화문의 촛불이 손끝에서 뜨겁게 달아올라도
토요일 하늘을 등진 여자의 발바닥에 달린 미싱 페달
위로
바늘비가 내린다
슈퍼에서 사 온 과자 봉지가 들썩거리고
낙산공원의 가로등 불빛이 자정을 재촉하는
슬리퍼비가 내린다
염색 오천 원 퍼머 이만 오천 원이 무색한 텅 빈 미장원
형형색색의 매니큐어를 칠하고 있는 원장의 앞치마에
머리카락비가 내린다
공장 문짝에 너덜너덜 붙어 있는
방 두 칸에 보증금 이천만 원 월 오십오만 원 전단지

구찌 와끼 마도메 시야게 간판 속으로 파고드는

뽕짝비가 내린다

미싱 바늘구멍이 보이지 않을 때까지 페달을 밟을 수

있는

창신동 골목길

늙은 여자가 내린다

그림자놀이

1

작약 속의 작약꽃처럼 핀 두 개의 젖꼭지, 울음으로 캄캄한 빗소리의 출구를 찾아내어 엄마는 멀지 않은 우주를 듬뿍 주었네 동이 터 오는 아침 숲처럼 숨기 좋은 곳을 두리번거리는 나를 매일 밤 작약꽃 향기로 찾았네

2

베개를 술래로 세워 두고 장롱의 아버지 양복 속으로 숨어들었지 금지된 장난을 즐기는 것 같은 어둠이 온몸에 까맣게 스며들었네 아버지의 체온이 남아 있는 옷에서 낯선 바람의 냄새를 맡을 수 있었네 아버지의 바람을 입고 있는 그 순간 아버지의 여자이고 싶었네 베개는 그런 나를 오랫동안 찾지 않았네 베개 모양을 한 아버지처럼

3

그림과 그리고 봄은 어디에 있나 정물화 꽃병 속으로 숨어들었네 액자 안의 나를 찾지 못하는 가족들 가방 속

을 뒤적였고 나 여기 있어라고 소리 질러도 못 들은 척할
것이 분명해 욕을 먹어도 가슴은 부풀었네 어두운 곳에도
봄이 오네 스무 살이 오는 쪽으로 복숭아처럼 생긴 뜨거운
심장을 잘라 먹으며 루즈를 바르고 봄을 기다렸네

  4

  온종일 흔들리는 창문 밖을 서성이는 사내
  푸른 실핏줄이 넘실거리는 가지로 창 안에 웅크리고 있
는 나를 찾았네

  내 가지는 너를 향해 자라고 있어

  시간은 땅에 떨어진 생크림처럼 흘러내리고
  허공에 숨어드는 일로 쓸쓸해지는 발가락들이었다니!
  내 안의 나를 찾는 술래가 되어 가는 지금
  꼬리 밟힌 빈 그림자가 먼저 들키고 말았네

  나는 매일 내가 아닌 쪽으로 숨고 있네

아베마리아를 놓치기 전에

카치니의 아베마리아를 들으며 천천히 공원을 걷는다 음악에 맞춰 허밍을 부르기 전에 자전거가 쏜살같이 지나간다

아베마리아를 놓쳤다

뚱뚱한 공기의 여자 발걸음이 등 뒤를 따라온다 여자의 거친 호흡에 통째로 빨려 들 것 같다 맞은편에는 지팡이를 짚고 걸어오는 옆집 노인 지팡이와 눈길을 피하기 전에

목줄 풀린 푸들이 제자리를 돈다 젊은 연인의 벤치는 서먹해지는 중이다 운동화의 방향은 어디로 향하나 자작나무 흰빛이 스며들기 전에

발가락이 서늘해진다 나무 사이로 투명한 새가 날아간다 하얘진 내 몸이 휘파람 모양으로 사라지기 전에

풀벌레의 속삭임이 풀숲에 가득하다 홀쭉해진 몸이 가벼워지기 전에

석양이 내려앉은 길은 이미 붉다 앞장서서 걷고 있는 당신이 뒤돌아보기 전에

당신에게서 나는 멀어진다

토요일 오후의 아베마리아를 놓치기 전에

빵의 시간

만찬이 끝난 뒤
식탁 위 빵의 목덜미는
아득한 방향으로 구부러진다

입맛 돌게 했던 노릇한 빵에
참을 수 없는 구멍이 생기고 곰팡이가 자란다
어둠 속에서
하얀 시간을 지워 내는 발길질이 뜨겁다

나의 밤은 생크림같이 흘러내리고
달콤했던 빵의 감각을 되새김질하며
몽롱한 쪽으로 몸이 기운다
눈꺼풀 위로 빵의 그림자가 순간 지나간다

부풀었다 주저앉고
늘어졌다 쪼그라지는 빵의 시간에
식탁은 허기를 모르고 어항 속 물고기는 늙어 간다

살을 찢고 튀어나오려는 빵의 이야기
접시에 말랑말랑한 중얼거림이 동그랗게 앉아 있다

밤새도록 발버둥 쳐도 건너가지 못한

빵 속엔 빵만 살고 있는 것이 아니었다

일요일의 자세

나비의 날개에 걸려 넘어진 고양이를 모른 척했다면 죄
인가

현미경으로 콕 찍어 낼 만큼 선명한 죄가 번지는 날
성당에 앉아 각자의 언어로 죄를 만들고 있는 사람들
하나같이 캄캄한 옷을 입고
참을 수 없는 하품을 죄의 품목에 쑤셔 넣는다

노숙자의 고백성사는 끝날 줄 모르고
죄를 알처럼 품고 서 있는 사람들
절뚝거리며 성당 밖으로 나가는 할머니
죄를 실은 유모차의 균형 잡힌 일요일

유령이 다녀간 건지 신이 다녀간 건지
고양이의 입에서 터진 방언을 해독할 수 없는 신부를
우리는 조롱하지 않는다

일흔일곱 번의 죄를 고백해야 새로운 죄가 만들어지고

낮잠 자는 신의 안식일이 바쁘다

소녀여 일어나라

그녀를 소녀 같다고 하면
그녀는 소녀스럽게 깔깔 웃는다

소녀와 가까워지기 위해 새로운 소녀를 마중 나가는
두 팔이 길어진다
수없이 많은 그녀를 잘라 내도
어디서든 살구처럼 튀어나오는 소녀

엄마 치마폭에 숨어 펑펑 울어 본 적 없는데
슬프지 않아도 자꾸 눈물이 나와

바람에 익지 않은 과일이 떨어져도
가슴이 철렁
말하고 싶은 비밀이 많아진 소녀
소녀가 몸 밖으로 흘러나와도 지나가는 사람들

소녀의 속옷이 둥둥 떠다니는 강물에 미끄러진다

소녀의 입을 맞추고 싶은 거울은
등 뒤의 악착같은 그림자를 떼어 낸다

검정에 대한 오독

젖은 빨래처럼 누워 있는 고양이의 사체
이해할 수 없는 페이지를 뒤적이는 손가락처럼
무심히 지나친 길에 누운 고양이를 다시 펼치고 싶다

바퀴보다 빠르게 굴러가는 생각들
고양이의 그림자가 바퀴에 매달린 채 따라온다

고양이를 재구성한다

집 나간 어미를 기다리다 잠이 들었다고 생각해 보자
어둠이 내려앉아 캄캄해진 거라고 상상해 보자

새빨간 상상이 야생의 사과를 익어 가게 하고
바짝 익은 빵처럼 갈라지는 생각들
고양이 속에 빠진 고양이가 팽창하며
뻔하거나 도도한 검정이 와락 스며들어
명랑한 비명이 온몸에 소나기처럼 쏟아진다
나는 강렬한 찰나에 푹 젖고 있다

고양이의 늘어진 음모를 이해하고

둥근 등이 동그라미가 될 때까지 기다리며
완벽한 고양이가 내 품으로 달려들어 뜨거워질 때

어쩌면
우연히 떨어진 검은 폭설이었을지도 모르는 일
표정을 잃은 달빛이 까맣게 허물어졌을지도 모르는 일

어린이 보호 구역

아이야, 엄마는
허공의 위치를 알고 뻗은 나뭇가지의 감각으로
바위를 향해 내리꽂는 빗줄기의 예민함으로
너를 찾아낼 거야

베네치아로 도망간 애인이 먹고 있는
파스타 속 바질 향은 콧속을 후벼 대는데
공원에서 손을 놓친 아이의 냄새는 온데간데없다
좋은 세상이야라는 말이 한숨으로 새어 나오는 저녁
천둥 번개로 아이를 잃고 말았다는 변명은
이제 신화 속 이야기

첨탑을 오르다 산통을 느낀 여자의 신음이 나의 통증이
되고
에베레스트를 정복한 사람의 입김이 폭설처럼 눈앞에서
쏟아질 때

꿈 밖에서 아이는 울고 나는 두꺼운 잠을 잔다

순한 바람과 붉은 달을 만드는

좋은 세상
눈 코 입 달린 평범한 아이야
어디로 숨었니

아이의 손톱으로 그린
담벼락 낙서를 따라가다 멈춰 선 곳
폐냉장고 앞에 버려진 아이의 얌전한 신발
검은 비닐봉지 안에서
샤베트가 된 아이의 울음을
발로 차며 지나가는

잘 지내

잘 지내라는 말 속에 바람이 산다

마스크가 씌워진 사물이 줄지어 서 있다

썩은 양상추를 씹는 기분

외판원의 서류 가방에 도로 집어넣어 주고 싶은 말

친해지지도 멀어지지도 않을

인권선언문처럼 무거워지는 말

내일의 계획표를 작성해야 잠이 오는 말

하늘에서 별들이 텅텅 소리를 내며 떨어진다

오늘은 '잘 지내'라는 장소에 당도한 날

주문처럼 중얼거리면 어느새 뼈들이 가벼워져

뭉게구름처럼 흩어지고 마는

난독증

느닷없이 128페이지 두 번째 단락에 등장한 당신보다
공기와 소파와 어항 속 물고기가 가까워
그것들은 가볍고 생생하다 한가하다
한가한 것들은 늦게 닿아도 그곳에 도착한다

프록코트를 입은 당신이 떨고 있는 거리와
소파에 앉아 당신을 읽고 있는 나 사이로
아무 일도 일어나지 않는 바람이 불어
당신과 나를 멀리 떼어 놓는다

당신과 멀어질수록
거리를 걷고 있는 발자국 소리가 들려

지금은 태양이 필요해
한 방울의 사랑이 필요해

당신을 앞에 두고 당신을 읽지 못해 서성일 때
나와 무관한 봄은 등 뒤에서 피어나고
몰래 나타났다 사라지기를 반복하는 소심한 유령들

당신을 덮으려는 찰나

새끼를 낳고 있는 구피를 재빨리 다른 어항으로 옮겨
놓는다

책 밖으로 뛰어내리려는 당신을 붙잡아

어항 속으로 밀어 넣는다

표정을 바꾸지 않고 나타난 또 다른 당신은

내 손을 뿌리친 채

햇볕의 반대쪽을 향해 걸어간다

반갑습니다

　그녀를 모른다거나 안다고도 할 수 없다 분명 나를 보고 반갑다고 말한 그녀를 모른다고 하는 건 얼마나 냉정한가 백만 번을 그녀 앞을 지나가도 반갑다고 할 그녀의 반갑습니다가 뒤통수에 부딪혀 바닥으로 떨어진다 사람들은 굴러다니는 반갑습니다를 태연히 밟으며 백화점 안으로 들어간다 멋진 음색과 높이로 반갑습니다를 외치는 그녀는 사람들의 쇼핑백 속에 표정을 숨길 만큼 유연하다 뭉툭해지거나 뾰족해지지 않아야 할 반갑습니다는 영하의 날씨에도 평평함을 유지한다 부모님의 영정 사진 앞에서도 반갑습니다가 튀어나올 것 같은 사랑스러운 그녀 혀 안의 초콜릿이 녹고 있는 꿈을 꾸고 있을 달콤한 그녀 턱과 코끝을 지나간 바람 소리에 반갑습니다가 섞여 불고 있다 빨간 코트와 깃털 달린 모자 사이로 흘러나오는 반갑습니다를 씹으면 씹을수록 얼음 냄새가 난다 그 자리에 서서 봄을 기다리는 것만큼 반가운 일이 또 있을까 봄이 오면 나는 그녀를 모른다 할 것이고 무한해진 그녀를 알고 있다라고 말하면 반갑습니다가 어깨를 움츠릴 것이다

제2부

눈사람

눈송이들이 새파랗게 곤두박질칠 때 들려오는 기침 소리 흙벽을 타고 들어오는 기침 소리 이불 속을 파고드는 기침 소리 젖은 머리카락처럼 감기는 기침 소리 뺨을 후려칠 것 같은 기침 소리 포장 박스가 찌그러지는 기침 소리 악착같이 공기를 빨아들이려는 기침 소리 비밀을 하얗게 물들이는 기침 소리 입과 코와 항문 밖으로 쏟아지는 기침 소리 엄마의 숨죽인 새벽을 삼킨 기침 소리

마당에 붉게 쌓인 기침 소리로
나는 눈사람을 만들며 온종일 놀았다

세 여자

남자는 이불 대신 털 빠진 토끼 인형을 안고 자고
여자는 불면증 걸린 고양이를 안는다
눕자마자 잠에 빠지는 남자는
고양이를 안고 있는 여자를 본 적 없다
가끔 고양이 소리를 들은 것 같다고 얘기하면
여자는 악몽을 꾸었군요라며 남자를 안아 준다
고도로 훈련된 고양이가 실수로 갸르릉거리면
여자는 재빨리 잠꼬대를 하며 남자를 침대 밖으로 밀
어낸다
침대 밑에서도 잠을 자는 남자를
죽도록 사랑하다 죽을 여자
어둠 속에서 더욱 반짝이는 눈동자
어디로 튈지 모르는 오만한 고양이를 이불로 안은 여자
무거운 다리를 얌전하게 받아 주는 토끼 인형을 안고
자는 남자
잠이 들려고 하면 여자의 목을 물어뜯는 고양이
고양이의 송곳니가 박혀 피를 흘리는 목에
남자의 키스는 오래, 깊다
아침이면 고양이는 액자 속에 가둬 두고
털 빠진 토끼는 탈탈 털어 볕에 말린다

여자와 남자를 덮어 본 적 없는 이불의 사각형 무늬는
밤새도록 변형되지 않는다
세 여자를 침대 밖으로 밀어내는 이불의 온도는
뜨겁지도 차갑지도 않다

하비슨

푸른 눈동자에 들어찬
사막과 어둔 바다가 빈 배처럼 출렁거려 잠을 잘 수 없
었어요
검은 옷에 하얀 분칠을 한 사람들로 가득한 거리에서
막막하고 낮고 깊게 파인 소리를 들었어요

동맥을 타고 흐르는 피의 소리
불길한 새의 잔뜩 쉰 울음소리
지하철 끊긴 계단에서 부는 바람 소리

종일 햇빛을 받으며 풀숲을 걷는 기분이 들었다가
한 번도 듣지 못한 음들이 배와 목과 다리를 타고 흘
렀다가
느린 물살을 따라 떠내려오는 종이배처럼 잔잔했다가

귓속으로 파고드는 색(色)이 가진 천 개의 소리들

언젠가 사바나에서 들었던 투명한 소리들

당신의 붉은 볼을 만지면 심장의 소리가 들려요

●하비슨: 영국 작가. 전색맹인 하비슨은 'eyeborg'라는 장치를 두개골에 장착하고 색을 음파로 변환시켜 듣는다고 한다.

이미 당신은 삼인칭

당신은 얘기한다
풀처럼 나무처럼 햇빛처럼

안에서도 들리고 밖에서도 들리는 노래
안개에 갇힌 청중을 향해 당신은 소리 지르지 않는다
빨랫줄에 걸린 속옷의 감정이 스며든다

직선으로만 달려가는 기차를 즐겨 탄다는 당신
순환 버스를 자주 놓치는 나
제자리로 돌아오는 길을 잃을지도 모른다

아무도 모르게 당신을 핸드백에 구겨 넣는 일은
음표를 음 속에 묻는 일과 같다

뜨거워지려는 손가락을 하나씩 잘라 내는 일이
당신의 유일한 취미다
안쪽에서 쏟아져 나온 그림자를 도려내도
여전히 바깥은 어둡다

입어도 입어도 두꺼워지지 않는

턱없이 가는 비가 내리고 있다
멀어졌다 가까워졌다 다시 멀어지는
거짓말처럼 내게도 빈방이 생겼다

사소한 가출

아버지의 손목을 주머니에 넣고
동그라미가 사는 마을에 당도했네

놀이터에는 웃을 줄 모르는 아이들이 유리 공을 차며
놀고
십 년째 돌아오지 않는 남편을 기다리는 여인들
놀이터 바닥에 동그라미를 그리며 늙어 가네

뾰족한 것은 이빨뿐이라는 낙서가 쓰인 담벼락
침을 뱉고 지나가는 동그라미 속 사람들

길 잃은 바퀴들이 도로를 질주하고
뒷걸음질 치는 뱀이 굴러다니네
지붕 위로 죽은 새들이 떨어지고
물고기들은 바닥을 기어 다니네

그네를 타면 네모 마을이
배꼽처럼 가까워졌다 멀어지네
녹물이 흐르는 엄마의 자장가가 들리네

목을 완전히 꺾고 바라보면

네모가 사는 마을이 동그라미를 그리고 있네

장미 레시피

이파리를 한 잎 한 잎 따서 프라이팬에 사뿐히 올려놓
으세요
잎과 잎이 엉키면 안 돼요
큰 잎은 뜨거운 곳에
작고 연한 잎은 미지근한 곳에 따로따로 펼쳐 놓으세요

중얼거리던 시간이 포개어져 잎이 되었나
순하디순한 물방울이 꽃잎에서 흘러나온다

여덟 번의 뜨거움과
여덟 번의 차가움이
왼손과 오른손의 감각을 무뎌지게 할 거예요

향기는 공기와 벽에 부딪히고
돌고 돌아
살 속으로 은밀하게 파고든다

수천의 이파리가 찻잎이 되는 동안
나쁜 일도 좋은 일도 일어나지 않아

손톱을 물어뜯는다
핸드폰에 묻은 지문을 따라가다
창밖으로 쏟아지는 소나기를 바라본다
여기저기 나뒹구는 낙엽처럼 내 얼굴이 아득해진다

붉어지나요
검어지나요

뜨거워지면 어떤 종은 사라지기도 하지만
어떤 종은 바짝 말라 향기를 뿌리고 그 자리를 서성인다

스멀스멀 피어나는 장미
꽃이 되지 못한 채
까맣게 타오르다 짐승이 되어 버린 장미

장미에서 장미가 사라지면
오늘의 레시피는 성공이에요

맛있는 상상

수건에 묻은 물기의 양으로 당신의 얼굴을 떠올린다
미처 털어 내지 못한 흙먼지로 신발의 발자국 수를 헤
아려 본다
외투에 달린 머리카락에서 바람의 방향을 따라간다

주머니에 찬
발음할 수 없는 말들
누군가 기우뚱해진 어깨에 가만히 손을 얹으면
나는 한없이 가벼워진다

고무풍선처럼 공중을 날며
곡선을 그리거나 직선으로 솟구치며 콧노래를 부른다
제자리로 돌아가는 길이 멀어 즐겁다

당신이 거기에 있지 않아도
거기에 있었다는 얘기
밤이 길어지니 상상이 점점 달콤해진다

선물

핏빛으로 물든 너를 대신해서 눈사람을 만들었다 매일 밤 악몽을 꾸는 너를 대신해서 눈사람을 만들었다 온 힘을 다해 살지 않으려는 너를 대신해서 눈사람을 만들었다 얼굴을 가려도 두 손 밖으로 눈물이 흐르는 너를 대신해서 눈사람을 만들었다

차라리 주기도문을 외우렴 너는 어둠 속에 잠겨 살아 있는 모든 것들을 증오하는구나 창문의 검은 비닐을 떼어 내렴

환한 불을 켜 놓고 제자리에 서서 기다리는 눈사람 사람이라는 이름을 가진 눈사람 눈 코 입을 붙이지 않아도 엄마 냄새를 풍기는 눈사람

눈사람에 눈을 붙이고 입을 붙여 볼까? 털모자 같은 해가 뜬다 등부터 축축해지는 눈사람 엉켰다 풀어지는 한 세계가 너의 발바닥 밑으로 허물어지고 있다 서로를 지우기 딱 좋은 검은 눈이 내린다

녹슨 꽃

우산꽂이 맨 밑 삼단으로 그림자까지 접혀진 우산은
바깥으로 들리는 빗소리에 익숙한 귀가 된다
바닥에 몸을 붙이고 빗소리를 듣는
귀밑으로 벽이 자란다

젖어서 돌아오는 우산은 깊은 잠에 빠져 있고
또 다른 어둠으로 꽃잎은 핀다

물무늬만 새겨진 몸을 뒤척거리는
나비가 날아와 얼룩을 남기고 가는
살구꽃 무늬 속에 살구가 썩어 가는
닫힌 입속에 붉은 녹이 쌓여 가는 저녁

젖지 않은 우산살을 가만히 오려 문지른다
접혀진 지 오래된 날개
다만 제자리에 꽂혀 있는

마디가 부러진 우산은 녹슨 꽃이 개화 중이다

안팎의 어둠을 퍼덕거리며

은빛 우산이 밤을 찢고 날아갈 때까지

초대장 1

화려한 옷 속으로 표정을 감춘 사람들이 식탁에 둘러 앉아 있다
줄어들지 않는 간격을 모래바람으로 채운다

낯선 얼굴들이 모여든 축제의 밤은 죽은 새의 부리를 닮아 간다
모래 섞인 음식을 씹는 일은 언제나 익숙하다
이빨을 드러내며 하얗게 웃는 사람들
서로를 지우기에는 깨진 유리컵이 차라리 친절하다

처음입니다
당신의 대머리가
반갑습니다
밋밋한 젖가슴을 가진 당신의 겨울이

어색한 우리는 캄캄한 물속에서 만난 물고기의 눈동자
도마뱀의 긴 혀로 서로를 탐색하기에 바쁜 사람들

초대장을 보낸 이유를 큰소리로 이야기하지만
채식과 육식으로 이미 나누어진 의자들

한 개의 식탁은 우리를 벗어난다
식탁 위에서 아이스크림처럼 녹아 버리는 이야기
담벼락에 쓰인 지루한 낙서처럼 지나치고
사라지는

나누어지고
떨어지고
뒤섞이고 멀어진다

우울하거나 명랑한 얼굴들이 이제 도착한다

소파는 기억한다

늙은 호박과 소파 사이로 펑퍼짐한 햇빛이 흐른다

여자의 늘어진 몸을 받아 든 소파는 가운데가 푹 꺼져 있다 홈쇼핑 방송 호스트들의 침이 튈 것 같다며 채널을 돌리는 리모컨이 분주하다 구름 속으로 사라진 새가 비를 몰고 와 주기를 바라는 여자의 눈동자가 건조하다 어제 뱉지 못한 말을 되새김질하는 여자의 몸이 벨 소리에 소스라치게 솟구친다 엉킨 머리를 바라보는 택배 기사의 무심한 눈초리를 의식한 문이 재빨리 닫힌다 소파는 잠시 탄력을 찾지만 여자의 엉덩이는 정확히 제자리에 꽂힌다

여자의 발가락이 그늘의 깊이를 짚을 때
소파 위로 기어오른 햇빛이 똬리를 틀고
눈곱 낀 여자의 얼굴로 옮겨 간다

발가락 사이가 가려워
얼굴을 긁었지
발가락 사이가 또 가려워
사타구니를 긁었어

날파리 같은 시간이 소파 주위를 서성거리고
모서리 없는 생각이 모서리를 위협하지만
식탁에서 말라 가는 사과와 여자는 같은 향기를 풍긴다

소파는
여자의 몸에 박힌 그림자의 무게를 정확히 기억한다

스포일러

　소년이 탄 기차 5호차 37번 좌석 위로 먹구름이 따라
온다
　정교한 두께를 가진 먹구름은 소년이 앉은 창을 향해
비를 뿌린다
　낭떠러지를 아슬하게 건너 어딘가로 내달리는 기차

　깡마른 소년의 어깨와 움푹 파인 눈동자
　열린 창문 틈으로 들어오는 빗방울의 양과
　바람의 세기를 가늠하기 전에
　휙휙 지나가 버리는 화면
　어디쯤인지 알 수 없는 곳에 멈춘 기차
　웅크리고 잠에 빠진 소년을 누구도 깨우지 않는다

　소년의 뺨을 더듬고 지나가는 어둠과 태양의 위치가
　시시각각 변할 때마다 서너 개의 화면이 동시에 겹친다
　소년과 기차와 구름을
　찌그러뜨리고 뒤집어 보고 늘려 보고
　중간중간 끼어드는 당신의 건조한 목소리로는
　소년의 찢어진 손바닥에 흐르는 피를 만질 수가 없다
　기차의 종착역이 어디인지 알 수 없는 곳으로

밀어내는 당신을 사랑하지 않는다

한낮의 안개만큼 시시한 당신의 말놀이
같은 나무에서 다른 색깔로 익어 가는 토마토를 좋아
하는 당신
왜라는 질문 대신 나는 익지 않은 토마토를 한입 베어
문다

실눈 뜬 당신의 과장된 말들은
꼬리를 물고 화면 밖을 날아다니고
나는 소년의 옆자리에 앉게 될 기차표를 끊는다
잠든 소년의 어깨에 가만히 손을 얹고 나니
밖은 또다시 어둠이다

햇빛, 뛰어내리다

계단이 멈추는 지점까지 오르는 동안 난간을 붙들고 길
게 따라오는 그림자
간신히 떼어 낸 그림자를 구겨 넣은 발걸음이 기우뚱
하다
동그랗게 몸을 말며 계단 뒤로 낭떠러지가 펼쳐지고
구부정한 등으로 바람이 지나간다

입안에 고여 있는 이름에서 밥알 냄새가 씹힌다
뭉클하게 올라오는
지울수록 다정하게 말을 걸어오는 오래된 얼굴들이 한
꺼번에 포개어지고
목구멍에 들러붙은 호흡에서 지독한 삶의 향기가 새어
나온다

어디로 갈까

짖지 않는 개의 침묵으로
허공 너머를 날 수 없는 새의 울음으로

주머니에서 다른 생이 먼지처럼 뭉쳐질 때

햇빛이 울고 있는 그림자를 끌어안고
하늘 밑 가장 캄캄한 벼랑 끝에 서서 뛰어내린다
온 힘을 다하여 쏟아져 나오는
비명보다 먼저 바닥으로 떨어지는 아이들의 웃음소리
어제까지 시끄러웠던 이야기들
착란을 일으키며 햇빛 위로 튀어 오른다

여러 가지의 얼굴

생일이 없는 나이를 먹고
나는 여러 개의 얼굴 밖을 도망다닌다
수많은 이름을 매달고 숲에 도착했다
메아리가 된 당신들의 웃음소리가 들린다
집으로 돌아갈 시간은 점점 가까워진다
숲이 태양을 가렸으므로 길은 캄캄하다

뒤를 돌아볼수록 견딜 수 없는 정글이 생겨나고
사방으로 흩어진 이름을 기억하며
참고 있던 얼굴이 쏟아진다

검붉은 얼굴
새파란 얼굴
샛노란 얼굴
색깔 없는 얼굴을 사람들은 곧잘 잊어버린다

어디선가 검은 사과를 베어 먹은 얼굴이 다가온다
오래전에 죽은 내 얼굴을 알아차리지 못하는 당신들
웃자란 얼굴을 주머니에 넣을 수가 없다
더 이상 숨을 곳이 없어 바닥으로 엎질러지고 마는

제3부

오전 아홉 시에서 열 시 사이

　창가에 늘어진 브래지어를 말리기 딱 좋은 시간에 그는 거기에 매달려 있다 일상이 객관적이거나 주관적이 된다 유리창에 묻은 얼룩과 먼지 두께와 맞닥뜨리는 세계를 무심한 손으로 그저 지우는 일 굳은살 박인 줄과 한 몸이 된 그가 창밖 풍경을 바꾼다 그와의 거리를 무시해야 자연스러워지는, 그와 같이 허공에 매달려 있는 기분이다 유리창에 거품이 피어오르고 물이 뿌려진다 완강하게 들러붙어 있던 오해들이 씻겨 내린다 그와의 거리가 가까워진다 그의 줄을 따라 불편도 내려간다 유리창은 한결같은 자세를 유지한다 그의 그림자조차 투명해진 유리창에 무수한 눈동자들이 매달린다

고양이주의보

오전 9시
골목 카페의 화분과 테이블
그 사이로 고양이 한 마리 뛰어든다
햇볕도 쿵 내려앉는다

화분의 와장창 소리가 창밖으로 튀어 나갈 때
카페 앞을 지나가던
남자의 늘어진 추리닝이 운동화 끈에 걸려 넘어진다

고양이의 출몰과 노골적인 햇볕은
오늘 아침의 느닷없는 브런치 메뉴

목적 없는 발걸음이 허물어지고
기교를 부린 것도 아닌 것이
카페와 골목 풍경을 순식간에 바꿔 놓는다

담장과 묘지에 붙은
고양이주의보가 바람을 타고 골목으로 날아온다

죽은 공간 속으로 뛰어든

고양이의 발톱에서는 피가 흐르고
빨랫줄에 걸린 내 블라우스는
젖은 채로 뱅글뱅글 돌고 있다

완벽한 불판

친절하게 고기가 익어 갈 때 우리는 젓가락으로 침묵을
만지작거렸네

눈에 까만 연기가 들어온다
연기와 연기와 연기가

불판에서 밀려난 사람들은 읽지 않은 책으로 쌓여 가고
젓가락은 여전히 빈 페이지를 넘기고 있네

모든 오해는 시간을 까맣게 태우고 있다

핏방울이 떨어지는 불판 위
침묵과 고통의 무늬가 다른 사람의 얼굴로 오는 저녁
드디어 골목이 어두워지고
늙은 거리의 누추한 냄새처럼 그곳에 도착했네

맨살을 뒤적이는 손가락은 하나씩 잘려 나가고 있다

어둠이 불빛에 데인 듯 시간의 속살을 살짝 건드렸을
뿐인데

그들은 영원히 익지 않을 젓가락으로 앉아 있네

불 안의 나는 고기처럼 뜨겁고
불 밖의 그들은 서늘해
안과 밖은 다른 나라의 골목으로 여기서 멀어지네

불판은 까맣게 타고 있는데
내 얼굴은 도무지 타오르지 않는다

새로 만들어진 낭만

죽은 새를 키우고 있다

새는 밤으로 된 거품 속 벌레만을 잘근잘근 씹었다
공중을 잃은 동공은 강물이 흐르지 않았고
부리 끝에 매달린 울음소리는 새장 밖을 벗어나지 않
았다

절벽 끝에서
바람을 마셔 버렸다

몸집을 부풀리며 먼 아침과 대서양을 향해
날개를 키우려 했던 시간은 꺾이고
갈 수 없는 계절의 꽃은 피었다 진다
어떤 날은 시간과 꽃이 피지 않고 시들었다

뒷걸음질 쳐도 떨어질 수 없는 낭떠러지
벽이 있고 모든 벽은 시작되는 위치에 있다
부딪치는 세계는 항상 푸른색 화면으로 되어 있다 하
지만
낭떠러지는 날아가서 도달하기에 가깝고 안전한 곳

드디어 아침이야
수북한 깃털을 쓸어 모으고
상처뿐인 이마를 어루만져 주는 것은
오른손 커피 잔이 뜨거워 왼손으로 옮겨 가는
지극히 낭만적인 일

저녁이 오기 전
뒤를 돌아볼 수 없는 새는 목을 꺾었다
울지 않는 새가 우는 혀를 삼켰다

수집가

아무것도 필요 없어 나를 모은다
책상 서랍에 싱크대 선반에 장롱 속에
흩어져 있는 나를 쌓아 둘 곳을 찾는다

얼룩과 먼지를 뒤집어쓰고 무수히 많은 말을 가지고 있는
이를테면
안쪽에 돌멩이가 박힌 채 강물에 가라앉은
물통 뚜껑 같은 여자를 모으는 일에 몰두한다

쓸모없이 둥근 것들은 멈출 생각이 없는 걸까
그리운 쪽으로 기울어지다 다시 제자리로 돌아오는

기어 바퀴 베어링 회전축의 굴대 문자반 너트 실감개 링크
고리 둥근 손잡이

박물관에는
오래된 사발과 그림자를 전시할 뿐
어제 둥글게 몸을 말고 죽은 고양이는 보이지 않는다

가장 멀게 보이는 곳에서

구멍을 안은 여자가 걸어온다

사각지대

　이사 오던 날부터 내 방을 내려다보던 소나무를 바라
보았습니다
　언제나 그 자리에 서 있어서 착한 소나무라 이름 붙였
습니다
　식물 따위가 사건에 휘말릴 일은 없겠지만
　방에서 새어 나가는 새벽 불빛에 잠을 이루지 못했다면
'미안해'라고 해야 할까요

　커피를 마시다 바라보고
　지루한 책을 읽다 바라보고
　취한 눈으로 바라보고
　아무 때나 바라보고

　눈길을 받아 내는 소나무에 눈이 달릴지 모르겠습니다
　뾰족한 이파리에 눈이 찔릴지 모르겠습니다

　소나무가 내 말을 하고
　내가 소나무의 말을 한다면

　이쪽에서 저쪽으로 몸을 날린다고 한들

우리의 관계를 눈치챌 수 있겠습니까?

수면내시경

침대 위에 빈 몸을 널어놓은 채
잠시 지구 반대편으로 여행을 떠난다
나를 밀어냈던 얼굴들이 흔들렸다 사라진다
고깃덩이로 누워 있는 몸속을 샅샅이 훑고 지나가는
바람의 소리를 어렴풋이 들은 듯하다

물속 들여다보듯 내 속을 빤히 보고 있는 저들
동백꽃 같은 혹이 자라고 있지는 않을까
몰래 삼켜 버린 꽃씨 하나가 알 수 없는 자리에서 꽃을
피우고
화면 가득 붉은색으로 물들 때
가장 짧은 천국의 거짓말을 알게 될 것이다

사과 속 벌레가 사과를 검게 하듯
소화되지 못한 혹의 침묵이 장기에 그늘을 드리우고
나를 날마다 갉아먹고 있는 위독한 침묵을

생의 절반을 계단 모서리를 접으며 살고 싶지 않은
눈꺼풀이 모르게 눈물을 흘렸는지도 모른다

일어나세요

금속성의 말이 귀에 부딪힐 때

나는 가장 캄캄한 우주를 헤매고 있었다는 거다

우울들

밤의 온도를 뜨겁게 끌어안았던 간판들
오해할 시간도 없이 간판 속 글자들이 우울을 안고 사
라졌다

울음 없이 국적 없이 태어난 수천의 이름들
어디로 쏟아졌는지 흘러갔는지

잊혀진 얼굴의 흐느낌을 기억할 수 없다는 듯
사람들은 오늘의 기분만큼 사용할 이름들에 골몰한다

박물관 미라처럼 누워 있던 글자들이 뛰어내려
고독한 섬을 떠돈다는 소문을 누구도 믿으려 하지 않
는다

밤의 허기를 24시간 받아들이는 감자탕집
건물은 터질 듯 사람들로 들끓었지만
뼈다귀로 보답하겠다는 글자의 불안 증세는
신경증 환자처럼 밤의 공중을 긁어 대고 있다

박힌 눈동자들을 애써 떼어 낸 우울이

지하 창고에 옥상 그늘진 곳에 켜켜이 쌓여 가도
여전히 새를 꿈꾸는 일을 멈추지 않는 욕망들

사라지고 생성되는
새들이 눈부시다

알비노, 흑인 소년

구름 속으로 숨었는데
하얀 속살을 본 그들이 달려오고 있어요
물방울처럼 커지는 두려움과 함께 구름 밖으로 뛰어내
렸어요

포크 잡을 손가락이 사라졌어요
엄마에게 달려갈 다리가 사라졌어요

게으른 신의 잠꼬대가 들려와요
악 악 악마

나는 신이 명명한 하얀 가죽을 입은 악마예요

길들여진 혀도 드릴게요
내 몸이 누군가의 알약이 되어
죽어 가는 영혼을 깨울 수 있다면
눈 속에 어른거리는 그림자도 드릴게요

마지막 불씨가 꺼진 아궁이 속같이 따뜻하고
비가 내리고 나무가 자라고

하얀 꽃이 넘실거리는
그런 곳이 있기나 했었나요

꿈을 꾸면 심장에서 손가락이 돋아나요
머리카락에 매달린 발가락이 꼼지락거려요

수용소 창문에 기대어 엄마를 기다려요
공처럼 둥글어진 나를 본 아버지와 형이 지나치고 있
어요

검은 젖 냄새가 담즙처럼 올라와요
내 피를 마신 그들이 점점 유쾌해지고 있어요

안녕

커피 물이 끓는점에서 잠시 머뭇거리는 사이
전화벨 소리를 귀에 꽂고 전화기로 달려가는 사이
여름의 그림자가 누렇게 눌어붙은 창문을 닦으려는 사이
그 틈으로 그가 왔다

읽지 못한 책으로 가득한 책상 위를 멍하니 바라보는
일과
두 무릎을 안고 먼지와 햇볕의 냄새로부터 아득해지는
일이
행복하다고 느낄 즈음 그가 당도하고 말았다

그가 좋아하는 노란 드레스도 미처 입지 못하고
몸 안에 구겨 넣은 웃음소리도 꺼내지 못했는데
예전보다 더 질편한 차림으로 돌아온 그가 낯설다

맨발과 다리와 배를 지나 말라비틀어진 가슴을 간질이며
좁고 가는 천국의 이야기를 들려주려는 그를
창문 뒤에서 창문이 어두워질 때까지
입 벌려 발음해 본다

안녕!

통행금지

    우리는 소문이 가득한 골목에서 정기적으로 만날 것을 잠정 결정했다 누가 먼저랄 것도 없이 온순하게 때로는 에로틱하게 골목을 찾았다 골목은 소문으로 분분했지만 멸종 위기 종인 고양이가 후크송 같은 울음으로 소문을 리폼하고 있었다 이곳은 불빛이 어둠에 어둠이 불빛에 부딪치는 소리를 낸다 암호처럼 주고받는 여자와 남자의 눈빛 불규칙하게 들려오는 웃음소리는 골목을 더욱 캄캄하게 물들였고 그때마다 나는 휘청거리며 집으로 돌아왔다 나를 지나가지 못한 웃음소리는 자작나무의 하얀 그늘처럼 춤을 추었다 남자와 여자의 한층 진화된 웃음으로 골목의 소문은 울창해졌다 의자가 삐걱거릴 때까지 그들의 웃음소리를 공식처럼 암기했다 어두운 곳에서 이끼처럼 자라고 있는 진실을 알고부터 통행료는 오르기 시작했다

    골목 귀퉁이에 무거운 초상화로 걸려 있을 것
    짝수보다 홀수에 길들여질 것
    소문에 절대 겸손할 것

    암묵적인 규칙이 발길에 채인다 가래처럼 뱉어 내도 규칙은 언제나 골목 입구에 간판처럼 걸려 있다 이곳은 우

기를 벗어난 계절에도 비가 내린다 소문은 젖은 채 바닥으로 흘러든다 남자와 여자를 숨겨 주기에 충분한 자작나무의 이파리가 깊어진다 드디어 오늘 소문을 가방에 구겨 넣고 마카오로 떠날 계획이다 블랙잭 아가리 속으로 시디신 이야기가 채워진다면 어쩌면 금빛 주화들이 내 앞에 쌓일지도 모를 일

새는 손잡지 않고 먼저 난다

선생님은 참 미남이야, 우리는 책상 밑에 숨어 말했지, 그가 의자에 앉아 흥얼거렸던 노래가 들려와, 너와 잠들고 말았던 책상 밑으로

우리는 미남 선생님을 사이좋게 나누어 가졌고, 교복 속으로 부풀어 오른 가슴을 들키고 싶어 했지, 절반으로 뚝 잘라 꾸었던 꿈속에서 선생님은 두 개의 가슴을 움켜쥐고 은밀하게 웃었지, 애인이라는 교과서를 공부했던 아름다운 연대

우리는 신발보다 발이 먼저 자라났어, 신발장에 놓인 새 신발을 한 짝씩 훔쳐 신고 달아났던 골목, 너와 나누어 피웠던 담배 연기가 출석부에 새겨진 번호처럼 파고들었지

침대와 휠체어에 한 몸이 된 네 몸 위로 수많은 유령들이 놀다 간다 했지, 먹구름 속으로 왼발이 빠지고 오른발이 빠지고 온몸이 빠져들어 갈 때, 너는 검은 치마를 입고 그곳에 서 있었지

유리창 밖으로 네 눈, 네 볼, 네 머리카락이 보여, 환하
게 웃고 있는 네 곁으로
　나는 건너갈 수 없었지 나누지 못한 너의 이름을 달고
죽음이 오늘 도착했지

　찢어진 책가방처럼

사과의 그늘

식탁 귀퉁이에서 썩어 가는
스피노자의 사과
붉고 푸르다는 에덴의 사과
백설공주가 먹다 남긴 사과를
한입씩 베어 먹어 보세요

소화시킬 수 없는 사과가 뭉쳐져
배 속에서 요동을 쳐
씹을 수도 뱉어 낼 수도 없는
가난한 배 속을 쑤시는 사과에 박힌 가시들

습관적으로 삼켜 대는 사과
손가락을 넣어 배 속을 게워 내면
맹목의 식성을 가진 허기가
빈 그릇처럼 밀려와요

지속되는 의자 1

어둠이 가득한 의자에 앉은 별빛은 당돌하다
사람을 들이밀어도 비켜날 기미를 느낄 수 없다

습관적으로 캄캄한 의자를 찾게 된 것은
개가 조용히 있을 때처럼 묻지 않기를

의자에 앉은 거만한 별빛을 걷어 낸다
누구도 앉을 수 있는 의자지만 아무도 찾지 않는 의자
모노드라마의 주인공이 혼자 옷을 갈아입는다
소곤거리며 말을 걸어오는 엑스트라와 그의 친구들
그곳에는 어둠보다 달콤한 속삭임이 있다

한쪽에는 장미의 화병이 있고
울음으로 꽉 찬 의자의 귀퉁이가 있다
나는 별빛의 다른 곳에 앉아
손바닥을 펴서 의자를 가렸다
의자에는 늘
아무 일도 일어나지 않은 것들이 앉아 있다

목련 너머

무슨 생각 끝에
목련이 하늘을 향해 목련을 날린다 하얗게
누군가는 태연하게 길을 걷고
하늘은 목련을 읽어 내기에 분주하다
가깝지 않은 하늘과 인간의 거리들
고루한 당신들은
오르지 못할 나무는 바라보지 말라고 한다

하늘과의 짧은 만남은 황홀했다

주먹 속으로 하늘이 들어찬다 명백하게
때로는 먹구름이 담겨 있는 곳으로

허공을 바라보는 나만의 공식
바라보지 말 것
날카로운 못이 되는 순간 벼락이 내리고
바람이 목을 꺾어 버릴지도 모를 일

하늘이 표정을 바꿀 때마다 주먹이 찢어진다
소멸의 방식으로 향기는 떨어지고

계절 밖으로 구겨진 지문들이 펄럭인다

밤이 되면 나는 여기가 아닌 곳에 도착할 것이고
긴 잠을 잘 것이다
목련 너머로
누군가의 그림자를 따라나선다

제4부

가까운 새

믿지 않겠지만 심장이 새의 소리로 날아갔다

들판에서 연을 날리는 노인들

버드나무 잔가지에서 새 한 마리 날아오른다

죽은 새는 저기, 오늘 처음 본 상자 속에 갇혀 있다

그러므로 나는 심장의 바깥에 있다

붉은 얼굴

내가 돌멩이를 모으는 습관이 있다는 것을 아는 사람은 없다 주머니에 서랍 속에 장롱 속에 꼭꼭 숨겨 둔 돌멩이 금방이라도 껍질을 깨고 하얀 얼굴을 내밀 것 같은 상상을 하며 품에 안고 잠이 들기도 했다 주말이면 이유 없이 송곳니를 드러내고 출몰하는 아버지 언니들은 문을 걸어 잠근 채 이불 속에 숨어 있었고 어머니는 아버지의 그림자도 밟지 않으려는 듯 멀리서 바라보고만 있었다 손아귀에서 말랑해진 돌멩이 나비를 날려 보내듯 손바닥을 폈다 아버지 이마에 박혀 붉은 꽃잎이 되어 떨어질지도 모를 돌멩이가 날아가고 있었다

아버지의 숨소리같이 온순해진 돌멩이는 손바닥에서 뾰족한 꿈을 잃어 간다 앙상한 감나무를 향해 던지면 홍시가 되고 내 몸 어딘가에 스며들어 따뜻한 알약이 될 때까지 돌멩이는 밤마다 붉은 얼굴로 익어 간다

누군가는 돌멩이로부터 달아나지만 누군가는 돌멩이를 품에 안기도 한다

지속되는 의자 2

공원 의자에 누워 있는 사내의 아랫도리는 암전이다
아랫도리 밑으로 드레스 가방 신발이 이어진다

살인적인 추위가 사내를 죽음에 이르게 했다면
당신은 잠시 빌린 슬픈 표정을 지을 것이고
술에 취해 잠이 들었다면 겉옷을 덮어 준 의인을 찾을
것이다

머리 잘린 고등어 무늬를 보고 사람들은 **고 등 어** 라고
얘기한다
반 토막의 고등어 살을 먹을 때도 그것은 어김없이 고
등어다

누군가의 모자와 바지가 소품처럼 놓여 있다
먹구름이 비를 몰고 와 쉬었다 가기도 하고
버려진 정물화의 배경이 되어 가는 의자

어느 날 골목에서 사내의 다리를 만나면
의자를 물을지 당신의 다리를 물을지
눈을 감고 신문 속 사내의 절반을 더듬는다

이분법의 미학

이빨 자국이 박힌 후리지아 향기가 바닥을 나뒹군다
여자와 여자의 들숨과 날숨은 공기를 악취로 채우고
입을 열 때마다 튀어나오는 검은 고양이의 울음들
목구멍에 숨어 있는 소리로 카페 안을 캄캄하게 물들이는
두 여자

착한 여자 이겨라
착한 여자 이겨라

악을 검은색으로 바라보고
선을 흰색으로 이해하는
반드시 이길 수밖에 없는 착한 분장을 한 레슬러 게임
처럼
한 여자에게 환호하는 사람들

누구의 이빨이 더 길게 자랐는지 구경하려는 눈빛들이
진지하다

옆구리로 바람이 새는지 부풀었던 알몸은 허물어지고
하나의 얼굴로 두 개의 표정을 짓는 사람들

더 이상 벗겨질 옷이 없는 두 여자를 종이비행기처럼
날린다

우산을 쓰거나
우산을 쓰지 않거나
비는 맹목적으로 내린다

사슴을 그려 본 적 있다

사슴 발자국을 따라다니다 길을 잃은 적이 있었다
사슴의 눈망울보다 발자국이 좋았던 건 아니었다
들판의 순한 풀 위를 맨발로 걷고 싶었다
푸른빛으로 물든,
한 생을 펼치며 살아 보고 싶었다

꿈을 꿀 때마다 사슴이 나를 걷어찼고
통째로 삼키기도 했다
그럴 때마다 사슴의 눈은 붉게 타올랐고
입에서는 물고기 냄새가 진동했다

도심 한복판에 사슴이 출몰했다는 뉴스를 들었다
나는 사슴을 보기 위해 아픈 언니를 버리고 뛰쳐나갔다
사슴은 죽어 있었고
사슴뿔을 자르려는 사람들로 들끓고 있었다

늘어진 사슴의 그림자를 들쳐 메고
집으로 돌아오는 길이 휘청거리며 멀어졌다
뒤축이 닳은 건지 종아리가 사라진 건지
주저앉아 검은 구름이 쏟아지는 하늘을 바라보고 있

었다

　바닥으로 사슴의 그림자가 폭설처럼 떨어져 내렸다, 가
득했다
　온몸에 그림자 딱지가 들러붙어 견딜 수 없이 근질거
렸다
　그림자에 돋은 이빨이 내 몸을 물어뜯기 시작했다

　사슴의 맥박 소리가 들린다

　이마를 할퀴고 도망치는 공기의 발톱들

　보도블록 사이를 뚫고 나온 여린 풀잎이 세차게 흔들
린다

캔버스 위에서 잠든다

두 주먹에서 빠져나간 양들이 떼를 지어 구름 속으로 몰려간다

감은 눈 속으로 들어차는 양떼구름

구름의 둘레를 어슬렁거리는 사람의 이름을 불러 본다

물구나무선 이름이 와르르 얼굴로 쏟아진다

성큼 자란 양의 발톱이 구름의 허리를 찔렀나

창문 틈으로 새어 들어오는 비명 소리

사지 잘린 생각들은 골목 밖으로 빠져나가고

양의 꼬리를 붙들고 서성거리는 하얀 그림자

달빛은 이불 위에서 희미해지고 핏빛으로 물든 새벽

양한마리양한마리양한마리양한마리양한마리양

한
　마
　　리

양 한 마리가 국경을 넘어갔다

괄호에서 멈춘 이야기

며느리가 집을 나갔어
새파란 총각 놈하고 눈이 맞은 거여
아들 녀석은 돈 벌어 온다고 집을 나간 지 삼 개월째야
할멈이 손주 손녀 돌보느라 몸이 아파

진흙탕에 빠진 내 구두는
구두닦이 할아버지 손에서 흙먼지를 날리며 떨어지고
예고 없이 쑤시고 들어오는
맨발 같은 이야기

수챗구멍으로 빨려 들어가지 못하고
사각형의 모서리에서 부딪치고 되돌아와
삼류 소설 같은,
가슴 한켠 짠하게 하는 뻔한 이야기

밑창 너덜거리는 구두
뒷굽 빠진 구두
기우뚱 내려앉은 구두

쏟아 내야 할 이야기가 많은

뒤죽박죽된 구두들이 뒤엉킨
네모 상자 바닥으로 스며드는 발자국 소리들

희끗희끗 남은 진흙이 무늬가 되어 반짝거릴 때
안에서 뽑아낸 거미줄로 사각형 집을 장식하고
은행나무의 열매가 떨어질 때까지
끝나지 않을 햇볕의 뒷면 같은 이야기

할멈과 내가 손주를 키울 재간이 없어

(밥 잘 먹여 주는 고아원이 있을까?)

괄호의 그늘에 묻어 두고
맨발로 날려 버리고 싶은
쉰밥 같은 이야기

아이는 끝났으나

흑백사진 같은 기억을 한 땀 한 땀 깁는 동안
청색의 피를 가진 거미들이 정수리 위를 넘나들고
죽지 않은 아이들이 유리 조각으로 갈겨쓴 편지를 들고
달려온다

키 큰 아이 키 작은 아이가 시계에 매달려 거꾸로 돌
아가면
검은 바다를 타고 밀려온 페트병 속 이끼 냄새

주문 걸린 사과나무에서 떨어진 아이들이
절뚝거리며 놀이터를 지나 집 앞에 당도한다

구름이 썩은 케이크가 되었다고 우는 아이
나비 등에 올라타고 나비 노래를 부르는 아이
달빛을 오렌지 주스처럼 마시는 아이

문밖에 서 있는 아이들의 손목을 잡는다

집 밖에서

아버지는 오늘도 마당을 쓴다
흙의 뼈가 드러나도록 쓴다
먼지까지 골라내어 쓴다
항아리 뚜껑처럼 윤기가 흐르는 마당

동네 어르신들은 볼일이 있어도 결코 집 안으로 들어가
지 않는다
적막이 동그랗게 내려앉은 마당 구석에 아버지가 앉아
있다
공기놀이하듯 쥐었다 펴 보는 손바닥으로
애인의 허리가 만져지는지
끈적거리는 중얼거림이 마당을 가득 채운다

집 밖에서 기다리는,
엄마가 오지 않아 다행이다

눈이 어두워진 아버지는
마당에 돋아난 잡풀을 애인의 허리처럼 끌어안고 있다
마지막 애인이 될지도 모를 잡풀들이
사지를 벌리고 가늘게 흔들린다

폭염

"내가 할 수 있는 일이라고는 활동 지원사가 오는 다음
날 아침까지 버티는 일뿐이죠"

이 말은 아내가 한 말이다
아니다 여름이 한 말이다

목 아래로 손 하나 까딱할 수 없는
침대와 한 몸이 된 그에게
얼음같이 차가운 아내의 말이 자꾸만 떠올라
그의 가슴은 이미 뜨거워진다

선풍기가 부는 바람 쪽으로 고개를 돌려 보지만
체온은 아내의 온도와는 다른 38.6도

등에는 땀이 차오르고
정신은 혼미해지는데
다음 날 오전은 오늘로부터 가까워지지 않는다

여름이 한 짓은
현관문 닫는 데만 열중하고

죽을지도 모르는 공포는 누구도 욕심내지 않는
그의 몫

온도가 변하면 바람이 바뀌고
구름이 모양을 바꾼다

여름 내내 여름을 살면서
빙하기를 건너온

땀으로 젖은 그의 빈 침대와 나는 마주치고 만다

　오늘도 기상 캐스터의 입에서는 입김이 새어 나오지 않
는다

구겨졌던 것을 다시 펴 보니

창백해진 얼굴 반쪽에
실크 블라우스 같은 주름들이 잡혀 있고
바짝 익은 빵 같은 기분이 웅크리고 있다

구겨진 종이로 만든 비행기를
다른 여자의 이름으로 날렸지만
제자리로 돌아온 종이비행기가
거울 앞에서 뱅글뱅글 돈다

씻지 않은 얼굴로 거울 앞에 선 여자의 표정이 어색하다
수도 없이 구겨 넣었던 부끄러운 알몸이 옷 밖으로 흘
러나온다

어제 쪽으로 고개를 꺾고
거울 속에 담겨 있는 여자를 쓰다듬어 주는 일이
때로는 숭고하다

들러붙어 있던 후회들을 떼어 내고 나니
적의로 가득했던 거울이 비로소 잠잠해진다

저 여자,

이제야 내 침대에 누워 잠이 든다

초대장 2

초대장을 들고
누구는 인사하고
누구는 모른 체하고
누구는 얼굴을 몰라 반갑다

후회가 옆구리를 찔러 대니
식순보다 먼저 일어나는 의자가 넘어진다

한결같은 표정인 꽃바구니의 당황을
뒤로하고 빠져나오다
가로등 그림자 웅덩이에 발목이 빠졌다

꽃들은 같은 종의 향기를 찾아
뿌리를 뻗었으므로
오늘 아침 정원에 초대장을 날려야 했다

계단을 오르려다 미끄러지는 계단 앞

발에 밟혀 납작해진 바닥 앞

창문에 걸어 둔 꿈 없는 잠 앞으로

애써 눌러쓴 초대장
열 명의 친구가 불참 의사를 밝힌다
한 명의 애인이
벽돌 같은 케이크를 들고 와
문밖에서 두 발을 모으고 서 있다

동사무소로 간다

　할머니 등에 업혀 면사무소를 갔다 할머니 이빨 사이로
새어 나간 금냄이 호적계장 귓등으로 들은 금란이는 원래
금남이었다 쇠 같은 손주가 태어나길 기다렸던 할머니는
끝내 금남을 기다리다 돌아가셨다

　이름을 쫓아내지 않아도
　까마귀에서 까마귀 냄새가 나듯
　금냄이나 금란이나 하나인 나로 가득하다

　앞으로 보면 금란이요
　뒤로 보면 금냄이가 뒤통수에 따라붙는다

　세 개의 무거운 이름에서
　균형 잡힌 커피 향이 흘러나오도록
　자판기 구멍에 동전을 넣고 기다린다

　복주머니, 복주머니라고 부르니
　사방에서 복이 떨어진다

　황금알이 된 금란이

죽은 할머니를 업고 동사무소 간다

거울이면서 벽이면서

거울과 벽을 바라보고 있는 두 여자
별이 반짝거려 얼굴이 보이지 않는다는 여자와
벽을 뚫고 사라진 그림자를 찾아야 된다는 여자

벽 앞에서 거울 앞에서
두 여자는 서로를 바라본 적 없이
어깨가 닿을 만큼의 거리를 유지하고 서 있다

벽과 거울을 어둠 밖으로 밀어내자

별이 사라질까 두려운 여자의 눈동자와
그림자가 덮칠지도 모른다는 여자의 목소리

거울과 벽이 서서히 죽어 간다

마르지 않는 옷

빨랫줄에 나를 널어놓는다

젖은 기억으로 버섯처럼 머리만 커졌다

공중을 건디는 몸 위로 떨어지는 햇볕의 알갱이들

운구차가 골목을 빠져나가려 할 때

바퀴에 들러붙은 아버지의 그림자로 휘청거렸다

상복을 교복처럼 차려 입은 나에게

아버지의 눅눅한 문장이 스며들었다

그림자를 상속받은 나는 안쪽으로 비가 내린다

과거와 현재, 그 사이에서의 몽유(夢遊)

고봉준(문학평론가)

1.

"우리가 시작하는 놀이는 우리의 창조성의 놀이이다. 그 놀이의 규칙은 우리 사회를 지배하는 규칙들, 법들과는 완전히 상반되는 것이다. 그것은 지는 사람이 이기는 놀이이다. 침묵된 것이 말해진 것보다 더 중요하다. 체험된 것이 외양의 차원에서 재현된 것보다 더 중요하다." 라울 바네겜이 『일상생활의 혁명』에서 '놀이'에 대해 주장한 이것은 '예술', 특히 '시'에도 그대로 적용된다. 여기에서 '놀이'라는 말은 '창조성'의 산물이라는 뜻으로 이해되어야 한다. 그리고 '창조성'이라는 말은 이미 존재하는 질서, 또는 이 세계를 지배하는 규칙으로 회수되지 않는다는 의미이다. 여기서의 '놀이'는 규칙이 정해져 있는 게임이나 결과(승패)가 중요한 도박 같은 것이 아니다. 놀이터에서 놀고 있는 아이들의 모습을 떠올려 보라. '놀이'의 본질은 규칙을 만들고 바꾸기를 즉흥적으로 반복한다는 것, 결과가 아니라 놀이하는 순간에 몰입하는 데 있다. 시의 가치를 '쓸모없음의 쓸모'라고 이야기하는 이유는 현실 세계가 모든 존재를 '쓸모'에 따라 판단하기 때문이다. 시는 "우리 사회를 지배하는 규칙들"과 상반되는 방향을 지향한다. 그리하여 시의 세계에서는 말해진 것보다는 말해지지 않은 것—이를테면 침묵과 여백 등—이, 재현된 것보다는 재현할 수 없는 것이, 상식적인 인식보다는 매개되지 않은 체험의 직접성이 더 가치 있는 것으로 평가된다. 시는 승자 독식의 현실 법칙과 반대로 "지는 사람이 이기는 놀이"의 세계이다.

이 '놀이'는 언제, 어디에서 실행되는가? 이 물음에는 정답이 있을 수 없다. 이 물음에 자신만의 방식으로 응답하는 과정, 그것이 곧 시(詩作)이기 때문이다. 누군가는 가상의 세계를 상정함으로써 현실과 무관한 또 다른 차원의 세계를 만든다. 또 누군가는 '언어'에 변형을 가하는 방식으로 현실 법칙을 뒤흔든다. 흔히 언어 실험이나 전위적 감각이라는 표현은 이러한 응답 방식에 붙여진 비평적 언표들이다. 한 시인의 개성적인 면모나 시적 특이성에 이러한 응답의 반복을 통해 만들어진다. 일회적인 응답으로 하나의 세계가 발견되기를 희망할 수는 없는 법이다. 사람들은 이 반복을 '스타일'이라고 부른다. 그러므로 시집의 고유한 응답 방식, 즉 스타일을 발견함으로써 우리는 한 시인의 세계에 들어서게 된다.

2.

금란의 시는 일상적 장면이 시가 되는 과정을 실증한다. 만남과 헤어짐, 시간의 흐름과 늙음, 삶과 죽음을 둘러싼 소문들, 우연히 목격한 장면과 사물에 대한 느낌들……, 그녀의 시는 '일상'의 범위를 벗어나지 않는다. 하지만 그녀의 시에는 일상적인 감정이나 표현들, 우리가 누군가와 일상적인 대화를 주고받을 때 사용하는 언어, 일상적인 장면/풍경을 묘사할 때 동원하는 표현들이 거의 등장하지 않는다. '일상'을 벗어나지 않음에도 불구하고 일상적이지 않은 것, 금란의 시는 이것의 반복을 통해 하나의 스타일을 만든다. 일상적 장면을 비일상적인 장면으로 바꾸는 것, 이 장면의 지속적인 변주를 위해서는 무엇이 필요할까? 이 변주의 방식 역시 하나일 수 없다. 가령 20세기 초반의 어떤 전위적 회화 작품들은 일상적인 사물들이 배치된 풍경에 약간의 변형을 가하는 것만으로도 낯선 세계를 창조할 수 있음을 보여 주었다. 시곗바늘이 없거나 거꾸로 박혀 있는 시계, 하늘로 날아가는 기차, 인간의 신체를 관통하는 터널, 발과 신발을 겹쳐 놓은 신/발 등은 사소한 개입만으로도 세계를 낯설게 만든 사례들이다. 이것만이 아니다. 전쟁에서 암호의 체계가 그러하듯이 자모의 순서나 특정 단어의 기호-대상 관계를 바꾸는 것만으로도 세계는 한순간에 낯선 곳으로 바뀌기 마련이다. 그런데 이러한 설명 방식은 편의적인 것일 뿐 시작(詩作)의 실제가 이렇게 진행되지는 않는다. 왜냐하면 일상적 풍경에게 인위적인 요소를 가미하거나 특정한 맥락을 삭제하는 방식으로 세계를 낯설게 만드는 시인이 있는가 하면, 변주가 아닌 감각적 경험에 충실함으로써 낯선 세계를 제시하는 시인도 있기 때문이다. 전자에서 변주는 의도된 결과이지만 후자에서는 그렇지 않다. 우리는 오직 결과만 확인할 수 있기에 그것이 의도된 것인지 아닌지는 판정 불가능하다. 하지만 두 방식의 의미가 동일하지 않다는 것은 분명하다.

'감각'의 가치가 제기되는 지점이 바로 이곳이다. 인간은 이성적 동물이면서 동시에 감정·감각의 동물이다. 인간은 정신만이 아니라 신체를 통해서도 세계와 사물을 경험한다. 그런데 정신, 표상, 이성을 통해 세계와 사물을 인식하는 것과 감각, 신체, 감정을 통해 세계와 사물을 경험하는 것은 전혀 다르다. 경험이 증명하듯이, 우리는 일상적 세계에서는 신체보다는 정신에, 감각보다는 표상에 의존하여 사물과 대면한다. 하나의 사물을 특정한 사물로서 인식하는 과정, 나아가 동일한 사물과 다시 마주쳤을 때 행해지는 재인(recognition)은 감각이나 신체보다 이성의 표상 기능에서 비롯된다. 반면 우리가 시적인 것 또는 시적인 순간이라고 명명하는 것은 창조적 순간의 풍요로움, 감각적인 경험과 연결되는 순간의 특이성에 가깝다. 즉 일상적인 인식 과정은 이러한 감각적인 순간성을 사물에 대한 재인으로 변환시키려는 경향을 지니는 반면, '시적인 것'은 그러한 재인 과정으로 회수되지 않는 특이성에 기대어 사물에 대한 경험을 언어화하려는 의지이다. 시가 흔히 비유적 언어로 발

화되는 까닭, 즉 시에서 지유는 단순한 수사적 장식(裝飾)이
아니라 시인이 (혹은 화자가) 세계와 사물을 감각적 방식
으로 경험하기 때문에 생기는 자연스러운 현상이다. 시인
은 인식이 아니라 감각을 중심으로 사물과 마주하는 존재
이니 이러한 마주침은 이미-항상 현실 세계의 규칙을 벗어
날 수밖에 없다. 시가 현실 세계를 변주한다는 것, 익숙한
세계를 낯설게 만든다는 것은 정확히 이런 감각적 마주침
이라는 의미로 이해되어야 한다.

늙은 여자의 등을 민다

등에 마른 별자리들이 흩어져 있다

오그라든 등

조금씩 소멸해 가는 여자의 그림자를 독해한다

등에 업혀 있는 것들은 세밀화처럼 정직하다

내 앞을 가로막고 있는 벽

또는 타로 카드

별점 치듯 긴 세월을 더듬다

일그러진 시간 저편으로 따라간다

나와 가장 가까이 있는,

그늘에 밟힌 손

한때 뜨거웠던 얼룩에서 꽃의 향기를 맡는다

—「벽」 전문

　화자는 "늙은 여자의 등"을 마주하고 있다. 이 시에 등장
하는 "늙은 여자"의 정체는 중요하지 않지만 "등"을 밀어
주는 사이이니 엄마 또는 할머니라고 생각해도 좋을 듯하
다. 화자는 "늙은 여자"의 "오그라든 등"에서 "마른 별자리"
를 발견한다. "오그라든 등"과 "마른 별자리", 그것들은 '늙
음'의 기호들이다. 인간에게 있어서 '늙음'은 곧 '소멸'의 순
간에 가까웠다는 것이다. '기호'는 해석을 요구하고 화자는
"늙은 여자의 등"에서 소멸의 징후들을 '독해'한다. 여기에
서 "등"은 "늙은 여자" 즉 신체의 일부이지만, 동시에 신체
와 분리되어 기호를 생산하는 일종의 부분 대상이라고 말
할 수 있다. 이처럼 "등"은 "늙은 여자"라는 신체에서 분리
됨으로써 다음 순간 "벽"이라는 새로운 의미의 대상이 될
수 있다. 이제 "등-마른 별자리"의 관계는 "벽-타로 카드"
의 관계로 전치되고, 그 지점에서 화자는 "일그러진 시간

저편"의 세계를 감각하게 된다. 이 시에서 우리가 주목할 것은 "벽"과 "그림자"라는 표현이다.

"벽"은 금란의 시에서 종종 반복되는 비유 체계의 하나이다. 가령 시인은 「새로 만들어진 낭만」에서 "뒷걸음질 쳐도 떨어질 수 없는 낭떠러지/벽이 있고 모든 벽은 시작되는 위치에 있다/부딪치는 세계는 항상 푸른색 화면으로 되어 있다 하지만/낭떠러지는 날아가서 도달하기에 가깝고 안전한 곳"이라고 진술하고 있다. "죽은 새"에 관한 진술에서 시작해 "낭떠러지" "벽" "푸른색 화면" 등 지시적 기능에서 벗어난 기호를 나열하고 있는 이 시는 시작(詩作)에 대한 메타 진술로 추측된다. 여기에서 "벽"은 "모든 벽은 시작되는 위치에 있다"라는 표현처럼 한편으로는 시작(始作)의 어려움을 의미하는 부정적 기호이지만, 또 한편으로는 "항상 푸른색 화면"이라는 표현처럼 컴퓨터 화면을 비틀어 표현한 것으로 읽히기도 한다. 한편 「거울이면서 벽이면서」에는 각각 "거울"과 "벽"을 바라보고 있는 두 여자가 등장한다. 여기에서 "거울"을 바라보고 있는 여자는 "별이 반짝거려 얼굴이 보이지 않는다"라고 이야기하고, "벽"을 바라보고 있는 여자는 "벽을 뚫고 사라진 그림자를 찾아야 된다"라고 말하고 있다. "거울"을 통해 "얼굴"을 볼 수 없다는 진술에서 "얼굴"은 가시적인 대상이 아니다. 그것은 한 인간의 정체성이나 실존의 기호를 의미하므로 시각적 방법으로 포착되지 않는다. 마찬가지로 "벽을 뚫고 사라진 그림자를 찾아야 된다"라는 진술에서 "그림자"는 빛에 수반되는 시각적

현상이 아니다. 그것은 시각적 방법으로는 투시할 수 없는 한 인간의 내면세계를 의미한다. 이런 점에서 「벽」의 화자가 "늙은 여자"의 '등=신체'가 아니라 "그림자"를 독해한다는 진술에 주목할 필요가 있다.

1

작약 속의 작약꽃처럼 핀 두 개의 젖꼭지, 울음으로 캄캄한 빗소리의 출구를 찾아내어 엄마는 멀지 않은 우주를 듬뿍 주었네 동이 터 오는 아침 숲처럼 숨기 좋은 곳을 두리번거리는 나를 매일 밤 작약꽃 향기로 찾았네

2

베개를 술래로 세워 두고 장롱의 아버지 양복 속으로 숨어들었지 금지된 장난을 즐기는 것 같은 어둠이 온몸에 까맣게 스며들었네 아버지의 체온이 남아 있는 옷에서 낯선 바람의 냄새를 맡을 수 있었네 아버지의 바람을 입고 있는 그 순간 아버지의 여자이고 싶었네 베개는 그런 나를 오랫동안 찾지 않았네 베개 모양을 한 아버지처럼

3

그림과 그리고 봄은 어디에 있나 정물화 꽃병 속으로 숨

어들었네 액자 안의 나를 찾지 못하는 가족들 가방 속을 뒤
적였고 나 여기 있어라고 소리 질러도 못 들은 척할 것이 분
명해 욕을 먹어도 가슴은 부풀었네 어두운 곳에도 봄이 오
네 스무 살이 오는 쪽으로 복숭아처럼 생긴 뜨거운 심장을
잘라 먹으며 루즈를 바르고 봄을 기다렸네

    4

    온종일 흔들리는 창문 밖을 서성이는 사내
    푸른 실핏줄이 넘실거리는 가지로 창 안에 웅크리고 있
는 나를 찾았네

    내 가지는 너를 향해 자라고 있어

    시간은 땅에 떨어진 생크림처럼 흘러내리고
    허공에 숨어드는 일로 쓸쓸해지는 발가락들이었다니!
    내 안의 나를 찾는 술래가 되어 가는 지금
    꼬리 밟힌 빈 그림자가 먼저 들키고 말았네

    나는 매일 내가 아닌 쪽으로 숨고 있네
                         —「그림자놀이」 전문

    시인은 자신을 "내 안의 나를 찾는 술래가 되어 가는 지
금"이라고 소개하고 있다. 시인은 '나'가 '나'를 찾는 게임,

즉 술래와 도망자가 일치하는 이 게임을 '놀이'라고 표현하고 있지만 그것은 고통스러운 일이다. 파편적인 방식으로 제시되고 있지만 이 시는 시인의 일생과 가족사의 단면들을 응축하고 있다. 〈1〉은 시인과 '엄마'와의 관계인데, 여기에서 '엄마'는 매일 밤 어린 '나'를 찾아오는 친밀한 관계로 제시된다. 〈2〉는 시인과 '아빠'와의 관계가 주요한 내용인데, 여기에서 '아빠'는 욕망의 대상으로 제시된다. 화자는 유년 시절 자신이 '아버지'의 "아버지의 여자"이고 싶어 했다고 고백하고 있다. 이 장면을 정신분석학적인 의미로 해석할 수도 있겠으나, 더 중요한 것은 '아버지'가 자신을 찾지 않는 베개처럼 자신을 대했다는 것, 그러니까 무관심했다는 사실이다. 금란의 시에는 가족 구성원이 등장하는 작품들이 많은데 거기에서 '아버지'의 존재는 그다지 긍정적으로 제시되지 않는다. 가령 「붉은 얼굴」에서 '아버지'는 "주말이면 이유 없이 송곳니를 드러내고 출몰하는 아버지 언니들은 문을 걸어 잠근 채 이불 속에 숨어 있었고 어머니는 아버지의 그림자도 밟지 않으려는 듯 멀리서 바라보고만 있었다"라는 진술처럼 한 가족의 평온한 일상을 위협하는 침입자로 간주된다. 화자는 그런 '아버지'를 향해 날릴 '돌멩이'를 "주머니에 서랍 속에 장롱 속에 꼭꼭 숨겨" 놓고 살아간다. 또한 「집 밖에서」에서 '아버지'는 마당을 쓸고 있는 존재로 등장한다. '아버지'가 존재함으로써 이웃들 중 누구도 우리 '집'의 경계를 넘지 않는데, "집 밖에서 기다리는,/ 엄마가 오지 않아 다행이다"라는 구절처럼 화자는 심지어

'엄마'가 돌아오지 않기를 희망하고 있다. 부정적 존재로서의 '아버지', 즉 '아버지'에 대한 부정적 이미지를 가장 시적으로 제시하고 있는 작품이 「마르지 않는 옷」이다. "상복을 교복처럼 차려 입은 나에게//아버지의 눅눅한 문장이 스며들었다//그림자를 상속받은 나는 안쪽으로 비가 내린다"라는 진술에서 나타나듯이 아버지는 '나'에게 "그림자"를 상속하고 세상을 떠났다. 그날 이후로 화자의 안쪽, 즉 내면에는 늘 "비"가 내렸다. "젖은 기억"에 침윤된 존재, "나는 안쪽으로 비가 내린다"라고 고백하는 인간은 아무리 강렬한 햇빛을 받아도 결코 "마르지 않는 옷"과 같은 존재이다. 이 "그림자"와 "비"의 원인이 '아버지'라는 것에서 우리는 시인의 가족사를 짐작할 수 있다. 〈3〉에서 화자는 가족 안에서 존재감을 확인받지 못한 자신의 심리를 "액자 안의 나를 찾지 못하는 가족들"이라고 표현하고, 나아가 그런 가족으로부터 탈출할 날을 기대하면서 성장한 자신의 청춘 시절을 요약하고 있다. 그리고 〈4〉는 그런 자신이 "창문 밖을 서성이는 사내" 덕분에 가족에서 벗어날 수 있었음을 고백하고 있다.

3.

"내 안의 나를 찾는" 과정인 금란의 시 세계는 가족, 특히 유년의 세계와 접속된 상처의 시간이 한 축을 이루고 있고, 지금-이곳의 일상적 시간 속에서 자신의 정체성을 재확인하거나 일상적 장면들을 사건화하는 과정이 다른 한 축을 이루고 있다. 후자의 과정에서 반복되는 이미지 가운데 하나가 '늙음'과 '소멸'에 대한 응시이다. 한자리에 고정되어 흔들리고 있는 모빌을 가리켜 "제자리에서 늙어 간다"(『모빌의 감정』)라고 표현하고, 허름한 봉제 공장들이 즐비한 골목에 비가 내리는 장면을 "창신동 골목길/늙은 여자가 내린다"(『창신동』)라고 표현하는 것 등이 대표적이다. 뿐만 아니라 시작(詩作)의 과정을 "몸집을 부풀리며 먼 아침과 대서양을 향해/날개를 키우려 했던 시간은 꺾이고/갈 수 없는 계절의 꽃은 피었다 진다/어떤 날은 시간과 꽃이 피지 않고 시들었다"(『새로 만들어진 낭만』)라고 진술하는 대목에서 드러나듯이 시인은 꺾이고, 지고, 시드는 등 하강(下降)의 이미지를 자주 사용한다. '늙음'과 '하강'의 이미지, 이것들이 시집 전체에 "검은 옷에 하얀 분칠"(『하비슨』)로 상징되는 흑백의 느낌을 덧씌우고 있는 분명한 사실이다. 그렇지만 도시적 일상이 지닌 특정한 형태를 포착하는 대목에서는 그것과는 전혀 다른 느낌이 드러난다.

　그녀를 모른다거나 안다고도 할 수 없다 분명 나를 보고 반갑다고 말한 그녀를 모른다고 하는 건 얼마나 냉정한가 백만 번을 그녀 앞을 지나가도 반갑다고 할 그녀의 반갑습니다가 뒤통수에 부딪혀 바닥으로 떨어진다 사람들은 굴러다니는 반갑습니다를 태연히 밟으며 백화점 안으로 들어간다 멋진 음색과 높이로 반갑습니다를 외치는 그녀는 사람들의 쇼핑백 속에 표정을 숨길 만큼 유연하다 뭉툭해지거나 뾰족해지지 않아야 할 반갑습니다는 영하의 날씨에도 평평함을 유지한다 부모님의 영정 사진 앞에서도 반갑습니다가 튀어나올 것 같은 사랑스러운 그녀 혀 안의 초콜릿이 녹고 있는 꿈을 꾸고 있을 달콤한 그녀 턱과 코끝을 지나간 바람 소리에 반갑습니다가 섞여 불고 있다 빨간 코트와 깃털 달린 모자 사이로 흘러나오는 반갑습니다를 씹으면 씹을수록 얼음 냄새가 난다 그 자리에 서서 봄을 기다리는 것만큼 반가운 일이 또 있을까 봄이 오면 나는 그녀를 모른다 할 것이고 무한해진 그녀를 알고 있다라고 말하면 반갑습니다가 어깨를 움츠릴 것이다

—「반갑습니다」 전문

현대사회에서 '반갑습니다'는 감정 노동의 대표적인 형태 가운데 하나이다. 그것은 '인사'인 동시에 '노동'이다. '노동'의 일종이므로 인사를 건네는 사람에게는 상대방과의 친분은 전혀 중요하지 않다. 거기에는 주체의 의지가 빠져 있다. 감정 노동자에게 '반갑습니다'는 전혀 반갑지 않은 상황에서도 마땅히 해야 하는 일종의 의례라고 말할 수 있다. 그런데 화자는 이러한 의례로서의 '반갑습니다'를 노동이 아니라 인사로 받아들인다. 일상이 시적 사건이 되는 것은 이처럼 당연한 것들이 당연하지 않은 것으로 다가올 때이다. 그 결과 화자는 백화점 입구에서 들려오는 "반갑습니다"라는 목소리에 대해 난처함을 토로한다. 인사를 건네는 '그녀'를 "모른다거나 안다고도 할 수 없"기 때문이다. 노동

으로서의 "반갑습니다"는 발화 주체가 결정되어 있지 않은 비인칭적인 목소리이다. 때문에 그것은 특정한 인물을 겨냥한 것도 아니다. 관례적 또는 습관적으로 주고받는 것일 따름이다. 그런데도 화자는 "분명 나를 보고 반갑다고 말한 그녀를 모른다고 하는 건 얼마나 냉정한가"처럼 비인칭적인 발화를 인칭적인 발화로 받아들인다. 시인은 "반갑습니다"라는 노동-인사가 건네지는 공간을 백화점으로 설정하고 있지만, 우리가 경험적으로 알고 있듯이 그것은 서비스업이 존재하는 모든 곳에서 유사하게 행해진다. 이 시는 현대사회의 일면을 정확히 짚어 내고 있다.

　　늙은 호박과 소파 사이로 펑퍼짐한 햇빛이 흐른다

　　여자의 늘어진 몸을 받아 든 소파는 가운데가 푹 꺼져 있다 홈쇼핑 방송 호스트들의 침이 튈 것 같다며 채널을 돌리는 리모컨이 분주하다 구름 속으로 사라진 새가 비를 몰고 와 주기를 바라는 여자의 눈동자가 건조하다 어제 뱉지 못한 말을 되새김질하는 여자의 몸이 벨 소리에 소스라치게 솟구친다 엉킨 머리를 바라보는 택배 기사의 무심한 눈초리를 의식한 문이 재빨리 닫힌다 소파는 잠시 탄력을 찾지만 여자의 엉덩이는 정확히 제자리에 꽂힌다

　　여자의 발가락이 그늘의 깊이를 짚을 때
　　소파 위로 기어오른 햇빛이 똬리를 틀고

눈곱 낀 여자의 얼굴로 옮겨 간다

발가락 사이가 가려워
얼굴을 긁었지
발가락 사이가 또 가려워
사타구니를 긁었어

날파리 같은 시간이 소파 주위를 서성거리고
모서리 없는 생각이 모서리를 위협하지만
식탁에서 말라 가는 사과와 여자는 같은 향기를 풍긴다

소파는
여자의 몸에 박힌 그림자의 무게를 정확히 기억한다
　　　　　　　　　　　　　　─「소파는 기억한다」 전문

　　일찍이 황지우가 「살찐 소파에 대한 일기」에서 실증했듯
이 '소파'는 현대인의 일상화된 권태, 권태로서의 일상을 상
징하는 예술적 상관물이다. 이 시에서 "여자의 늘어진 몸
을 받아 든 소파", "여자의 몸에 박힌 그림자의 무게를 정확
히 기억"하는 소파는 현대적 삶이 불러온 권태로운 일상의
무대로 기능하고 있다. 우리의 일상, 매일 반복되는 일상은
그 속도가 조금 빨라지면 피로감을 주지만, 반대로 속도가
느려지면 권태로 경험된다. 권태롭다는 것, 그것은 일상의
속도가 느리다는 것, 시간에 쫓기지 않는다는 것을 의미한

다. 한 여자가 소파에 누워 있고, 그녀와 소파 주위로 "펑퍼짐한 햇빛"이 흐르고 있다. 시인이 다른 곳에서 "일상이 객관적이거나 주관적이 된다"(「오전 아홉 시에서 열 시 사이」)라고 밝힌 시간대쯤이라고 상상해 보자. 여자는 소파에 누워 홈쇼핑 방송의 채널을 돌리고 있다. 그때 갑자기 택배 기사가 초인종을 누른다. 낯선 존재의 갑작스러운 등장으로 일순간 온몸이 긴장을 회복하지만 잠시 후 "여자의 엉덩이는 정확히 제자리에 꽂힌다". 인생은 멀리서 보면 희극이지만 가까이서 보면 비극이라는 말이 있다. 시선의 위치와 각도에 따라 동일한 대상도 다르게 보인다는 이 주장은 일상을 응시하는 금란 시인의 시에도 동일하게 적용할 수 있다. 예컨대 「반갑습니다」가 당연한 것으로 치부되는 행위를 당연하지 않은 행위로 받아들임으로써 일상적 풍경을 낯설게 만들고 있다면, 「소파는 기억한다」는 일상적 풍경을 '기억'하는 주체를 인간에서 사물로 옮겨 놓음으로써 일상을 성찰하고 있다. 특히 '소파-권태-시간'으로 이어지는 일상적 리듬을 표준화된 속도보다 조금 느린 것처럼 표현함으로써 일상에 스며든 권태를 부각시키고 있다.

이처럼 금란의 시편들은 일상적 경험과 풍경을 낯설게 제시한다. 주말 아침 성당에 앉아 미사를 보는 사람들을 "성당에 앉아 각자의 언어로 죄를 만들고 있는 사람들/하나같이 캄캄한 옷을 입고/참을 수 없는 하품을 죄의 품목에 쑤셔 넣는다"(「일요일의 자세」)라고 표현할 때, 불이 꺼지지 않는 네온 간판이 걸린 도시 풍경을 "밤의 허기를 24시간 받아들이는 감자탕집/건물은 터질 듯 사람들로 들끓었지만/뼈다귀로 보답하겠다는 글자의 불안 증세는/신경증 환자처럼 밤의 공중을 긁어 대고 있다"(「우울들」)라고 표현할 때, 그리고 수면내시경 경험을 "침대 위에 빈 몸을 널어 놓은 채/잠시 지구 반대편으로 여행을 떠난다"(「수면내시경」)라고 표현할 때, 진부한 일상적 경험과 풍경은 시적 긴장을 부여받고 낯선 풍경으로 재탄생한다. 이러한 시적 변주는 상상의 힘이다. 그리고 시인에게 상상은 "제자리"에서 멀리 떨어진 곳으로 이동하는 방법이다. 「맛있는 상상」에서 화자는 자신이 "주머니에 찬/발음할 수 없는 말들"을 소유하고 있고, 그것으로 인해 "제자리로 돌아가는 길이 멀어 즐겁다"라고 고백한다. 이때의 상상은 곧 "제자리"에서 이탈하는 방법이니, 시인은 그것을 "거기에 있지 않아도/거기에 있었다는 얘기"라고 표현한다. 상상, 그것은 실제 그곳에 있지 않아도 거기에 있었다고 진술할 수 있는 발화인 것이다.

4.

생일이 없는 나이를 먹고
나는 여러 개의 얼굴 밖을 도망다닌다
수많은 이름을 매달고 숲에 도착했다
메아리가 된 당신들의 웃음소리가 들린다
집으로 돌아갈 시간은 점점 가까워진다

숲이 태양을 가렸으므로 길은 캄캄하다

뒤를 돌아볼수록 견딜 수 없는 정글이 생겨나고
사방으로 흩어진 이름을 기억하며
참고 있던 얼굴이 쏟아진다

검붉은 얼굴
새파란 얼굴
샛노란 얼굴
색깔 없는 얼굴을 사람들은 곧잘 잊어버린다

어디선가 검은 사과를 베어 먹은 얼굴이 다가온다
오래전에 죽은 내 얼굴을 알아차리지 못하는 당신들
웃자란 얼굴을 주머니에 넣을 수가 없다
더 이상 숨을 곳이 없어 바닥으로 엎질러지고 마는
　　　　　　　　　　　—「여러 가지의 얼굴」 전문

　금란의 시에서 "얼굴"은 일반적으로 사람에 대한 제유
(提喩)처럼 사용된다. 「벽」에서의 "등"이 신체의 일부이면서
한 인간이 살아온 "세월"의 축도(縮圖)이듯이, 몇몇 시들에
서 "얼굴"은 신체의 일부이면서 한 개인을 가리키는 기호
로 쓰인다. 가령 "우울하거나 명랑한 얼굴들이 이제 도착한
다"(「초대장 1」)라는 진술이 그렇다. 그런데 인용 시에 등장하
는 "얼굴"은 조금 다르다. 화자에게는 "수많은 이름"과 "여

러 개의 얼굴"이 있다. 여기에서 "얼굴"은 색깔로 표현되는 내면의 감정과 유사하다. 화자는 자신을 가리켜 "생일이 없는 나이를 먹고"라고 쓰고 있다. "생일"이 없다는 것은 "여러 개의 얼굴"이 생물학적인 출생을 통해 만들어진 것이 아니라는 의미이고, "나이"를 먹는다는 것은 시간의 흐름에서 자유롭지 않다는 의미인 듯하다. 화자는 지금 자신이 머물고 있는 세계를 '숲이 태양을 가린 캄캄한 길'이라고 말한다. 화자의 시선의 방향에 따라 길에는 두 방향, 즉 '앞'과 '뒤'가 있기 마련이다. 그리고 화자는 자신이 "뒤를 돌아볼수록 견딜 수 없는 정글이 생겨나고/사방으로 흩어진 이름을 기억하며/참고 있던 얼굴이 쏟아진다"라고 고백한다. 뒤를 돌아본다는 것은 과거를 회상한다는 의미이다. 그녀는 유년을 떠올릴 때면 "정글" 속에 갇혀 헤매는 느낌을 받는다. 바로 그 순간 그녀는 "흩어진 이름"을 기억하게 되고, 그 이름들과 더불어 "참고 있던 얼굴"이 쏟아진다. 얼굴이 쏟아진다는 것, 또는 쏟아지는 얼굴은 "검붉은", "새파란", "샛노란" 같은 감정과 연결된다. 이는 유년 시절로 리비도를 집중할 때마다 시인의 내면에서는 상처가 덧난다는 의미이기도 하다.

그렇다면 4연에 등장하는 "오래전에 죽은 내 얼굴"이란 어떻게 이해될 수 있을까? 시인은 개인의 '내적 감정'을 주머니에 담겨 있는 얼굴의 이미지로 간주하는 듯하다. 그래서 어떤 얼굴은 주머니에 담기고, 또 어떤 얼굴은 주머니가 찢어져 "바닥으로 엎질러지고 마는" 경우도 발생한다. 감정에 대한 상상력이 이러하기에 어떤 감정, 즉 "웃자란 얼굴"
은 주머니에 담기지 않는가 하면 바닥으로 쏟아지기도 한
다. 주머니에 담기지 않거나 바닥으로 쏟아지지 않는다는
것은 통제되지 않는다는 것이니, 화자가 캄캄한 길 위에서
과거를 떠올릴 때마다 그는 자신의 주머니에서 숨길 곳이
없는 얼굴들이 쏟아지는 듯한 느낌을 경험하는 것이다. 금
란의 시에서 이 느낌을 떨쳐 내는 유일한 방법은 현대적 풍
경에 대해 "맛있는 상상"을 펼치는 순간이다. "상상"은 시
인이 뒤를 돌아보는 순간을 늦추고, 고통의 시간을 위로하
며, 그리하여 일상적 풍경을 한층 흥미롭게 만든다. 이것들
이 뒤섞일 때 금란의 시는 멜랑콜릭해진다.